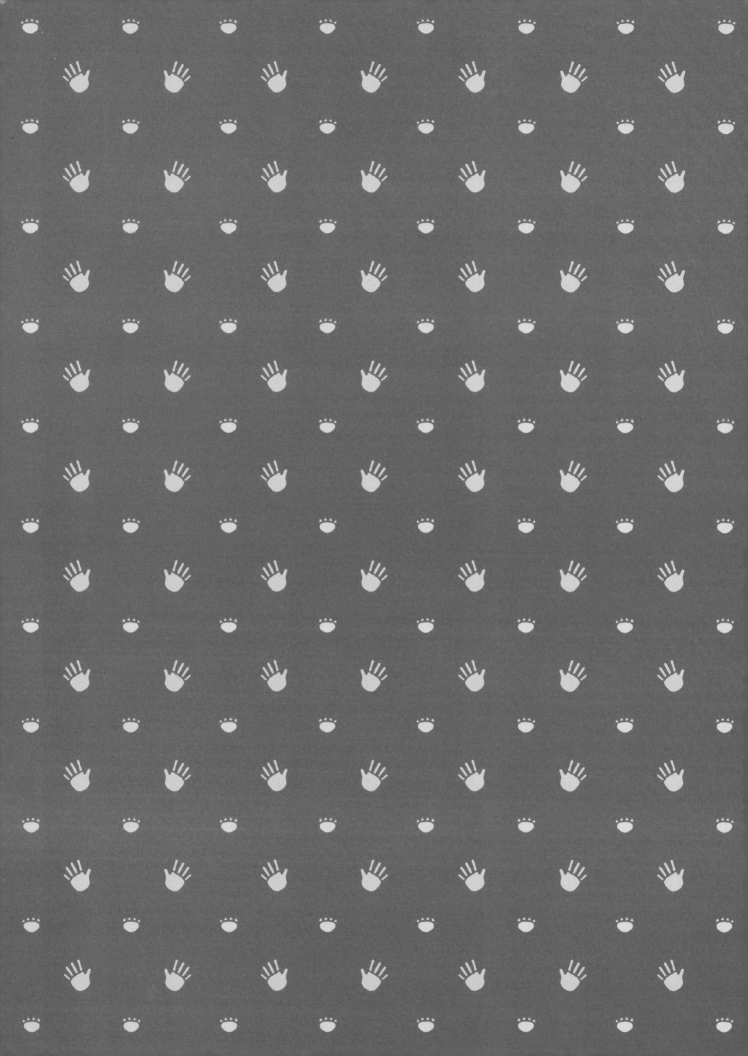

À ma nièce Natalie — B.C.

Données de catalogage avant publication (Canada)

Bourgeois, Paulette
    Benjamin et moi

Traduction de: Franklin and me.
ISBN 0-590-24387-X

1. Spectacles et divertissements – Ouvrages pour la jeunesse.
I. Clark, Brenda. II. Titre.

GV1203.B6814 1994   j790.1   C94-931626-1

ISBN 0-590-24387-X

Titre original : Franklin and Me
Édition publiée par Les éditions Scholastic, 123, Newkirk Road, Richmond Hill
(Ontario) L4C 3G5, avec la permission de Kids Can Press Ltd.

Conception graphique de Karen Powers

4 3 2 1   Imprimé à Hong-Kong   4 5 6 7/9

Benjamin et Moi

Mon journal
écrit et dessiné par moi
(avec l'aide de Benjamin)

Paulette Bourgeois

Illustrations de Brenda Clark

Texte français de Jocelyne Henri

Les éditions Scholastic

★ # Benjamin et Moi ★

Voici mon journal!

🖊 Je m'appelle _____
_____ prénom

_____
deuxième prénom

_____
nom de famille

🖊 J'ai reçu ce prénom parce que...

☐ c'est un beau prénom.

☐ c'est le prénom d'un personnage célèbre.

☐ c'est le prénom d'un parent ou d'un grand-parent.

☐ c'est le prénom de quelqu'un
de spécial appelé _____

🖊 J'ai commencé ce journal le

_____ ,
jour   mois   année

quand j'avais _____ ans.

Me voici.

Voici Benjamin.

Dessine ton portrait ou colle une photo de toi.

Benjamin a été nommé d'après un personnage d'une émission télévisée appelée M*A*S*H*. L'homme en question, du nom de Benjamin Franklin Pierce, avait peur des endroits sombres.

★ Quand j'étais bébé ★

Une photo de moi bébé.

Je suis né, née le

_____
jour

_____
mois

_____
année

à _____.
heures

Colle une photo de toi bébé.

Je suis né, née ☐ à la maison ☐ dans l'auto ☐ à l'hôpital

Je suis né, née à _____
village ou ville

_____.
pays

Je mesurais _____ et je pesais _____.

★ Quand j'étais enfant ★

J'ai fait mes premiers pas à l'âge de _____ ans.

J'ai eu ma première dent à l'âge de _____ ans.

Mon premier
mot a été _____.

J'ai eu ma première
coupe de cheveux à l'âge de _____ ans.

Benjamin a eu sa couverture douce préférée lorsqu'il était petit.

Entoure les objets doux que tu préfères.

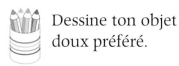 Dessine ton objet
doux préféré.

★ Me voici maintenant! ★

Mes cheveux sont...

- ☐ rouges
- ☐ noirs
- ☐ bruns
- ☐ jaunes
- ☐ blancs
- ☐ violets
- ☐ verts
- ☐ multicolores

Mes cheveux sont...

- ☐ frisés
- ☐ raides
- ☐ courts
- ☐ longs
- ☐ ondulés

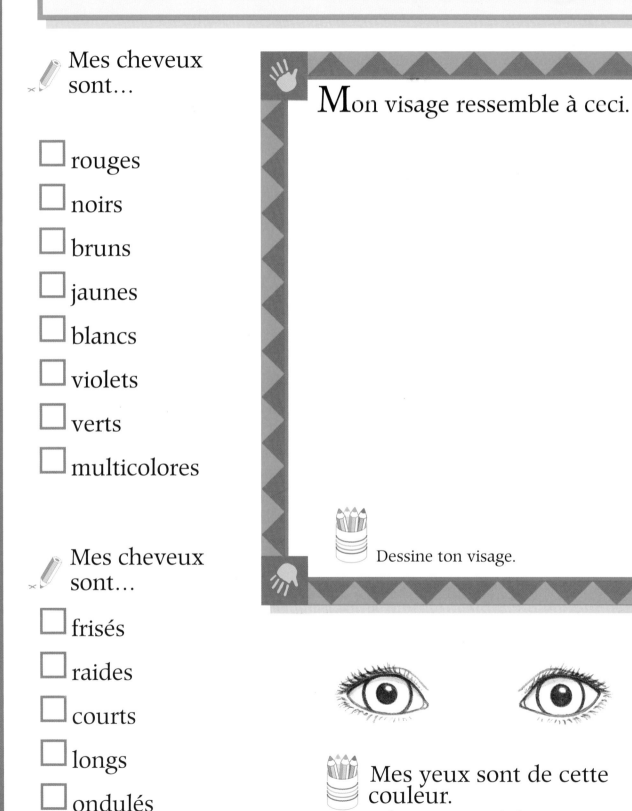

Mon visage ressemble à ceci.

Dessine ton visage.

Mes yeux sont de cette couleur.

Colorie ces yeux de la même couleur.

Benjamin a des taches sur la tête. Compte les taches.

✎ J'ai des taches de rousseur...

☐ sur le nez.

☐ sur tout le visage.

☐ sur les bras.

☐ partout sur le corps.

☐ Je n'ai pas de taches de rousseur.

✎ Mon nombril est ☐ bombé ☐ creux

✎ Mes genoux ☐ n'ont pas d'éraflures ☐ ont plusieurs éraflures

✎ ☐ Je porte des lunettes. ☐ Je ne porte pas de lunettes.

✎ ☐ Je me déplace en fauteuil roulant. ☐ Je ne me déplace pas en fauteuil roulant.

✎ ☐ Je me suis déjà cassé un os. ☐ Je ne me suis jamais cassé un os.

✎ ☐ J'ai déjà eu des points de suture. ☐ Je n'ai jamais eu de points de suture.

★Mes mains et mes pieds ★

Savais-tu que personne d'autre au monde ne possède les mêmes empreintes digitales que toi?

Voici ma main.

Demande à un adulte de t'aider à faire une empreinte de ta main
à l'aide de peinture ou d'un tampon encreur.

Voici l'empreinte d'une patte de Benjamin.

Je porte des bottes et des souliers comme ceux-là.

Encercle ceux que tu portes.

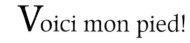
Ma pointure est

_____.

Voici mon pied!

Demande à un adulte de t'aider à faire le contour de ton pied.

Voici la famille de Benjamin.

Voici ma famille.

Dessine ou colle une photo de ta famille.

✏ Les noms des membres de ma famille sont :

_____   _____

_____   _____

_____   _____

✏ Ces personnes font partie de ma parenté :

_____   _____

_____   _____

✏ Je suis   ☐ l'aîné, aînée   ☐ le cadet, la cadette

☐ au centre   ☐ enfant unique   ☐ un jumeau,
                                              une jumelle

✏ La langue que nous
parlons à la maison est _____.

✏ Ma fête
familiale préférée est _____.

✏ Mon activité familiale
préférée est _____.

Voici la chambre de Benjamin.

Suis ses pistes pour trouver une photo de sa maison.

Observe les illustrations au bas de la page. Peux-tu trouver une maison qui ressemble à la tienne?

Ma maison est en ☐ briques ☐ bois ☐ paille
☐ ciment ☐ pierre ☐ pain d'épice

Ma
pièce préférée est _____.

Je la préfère
parce que_____.

Voici ma chambre.

Dessine ta chambre.

Ma chambre est ☐ en ordre ☐ en désordre ☐ un peu des deux

☐ Je partage ma chambre avec _____.

☐ Je ne partage ma chambre avec personne.

Voici les amis de Benjamin.

Benjamin aime jouer avec ses amis.

 Voici les activités que j'aime faire avec mes amis.

Encercle les activités que tu aimes faire.

jouer au chat

jouer
à la balle

sauter à
la corde

jouer aux billes

nager

les jeux de
construction

jouer à la
poupée

faire un
casse-tête

patiner

jouer à
l'école

jouer à
cache-cache

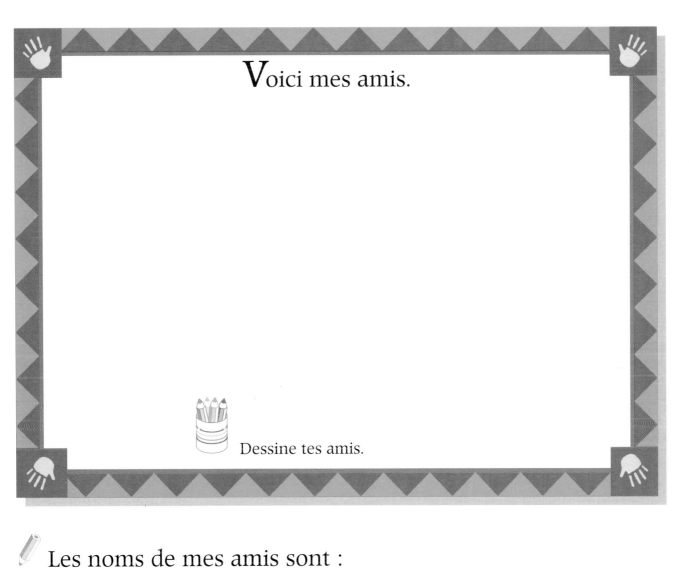

Voici mes amis.

Dessine tes amis.

🖊 Les noms de mes amis sont :

_____   _____

_____   _____

Benjamin aime jouer tout seul aussi.

🖊 Lorsque je suis seul, seule,
j'aime _____ .

Mon quartier

✏️ Mon adresse est

_____
numéro et rue

_____
ville

_____
province

_____
pays

_____
code postal

_____
numéro de téléphone

✏️ Voici quelques personnes que je connais dans mon quartier.
Encercle les personnes que tu connais.

voisine	dentiste	bibliothécaire
médecin	gardienne	commis
brigadier	éboueur	facteur
policier	pompier	mécanicien

Voici des choses que je vois dans mon quartier.

Encercle les choses que tu vois dans ton quartier.

Mon médecin

 Mon médecin
s'appelle

_____.

Mon médecin veille à ma
santé et me soigne si je suis
malade.

Mon médecin dit
que je mesure

_____

et
que je pèse _____.

Pour rester
en santé…

☐ je saute et je cours.
☐ je mange des fruits et
des légumes.
☐ je dors bien.

Mon dentiste

 Mon dentiste
s'appelle _____.

Mon dentiste veille à la santé de mes dents.

 Je vais chez
le dentiste _____ fois par année.

 Je me brosse
les dents _____ fois par jour.

 J'ai _____ dents.

 J'ai _____ dents branlantes.

 J'ai perdu _____ dents.

★Regarde ce que je peux faire!★

Benjamin peut faire ces choses.

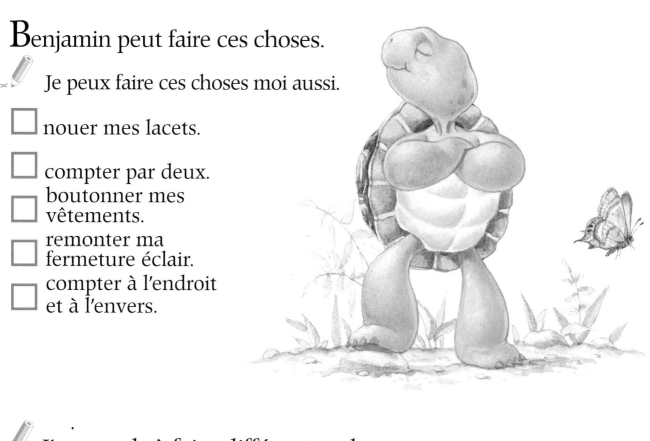

Je peux faire ces choses moi aussi.

- [ ] nouer mes lacets.
- [ ] compter par deux.
- [ ] boutonner mes vêtements.
- [ ] remonter ma fermeture éclair.
- [ ] compter à l'endroit et à l'envers.

J'apprends à faire différentes choses.

Encercle les choses que tu apprends à faire.

lire	écrire	compter
patiner	lire l'heure	faire des pirouettes arrière
aller à bicyclette	nager	jouer de la musique

J'apprends aussi à _____

_____.

Ce que je sais faire
le mieux, c'est _____

_____.

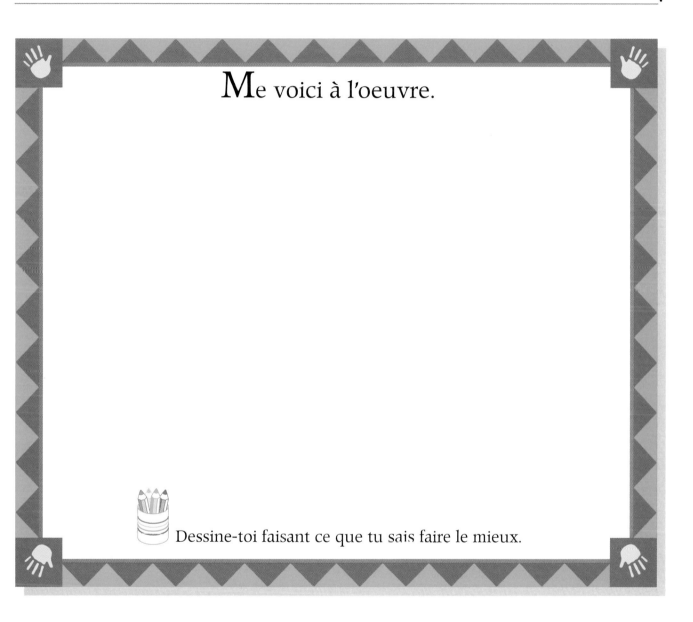

Me voici à l'oeuvre.

Dessine-toi faisant ce que tu sais faire le mieux.

La chose la plus
difficile à faire pour moi, c'est _____

_____.

Quand Benjamin veut savoir l'heure, il regarde l'horloge.

Il se lève à 7 heures.

Il dîne à midi.

Il soupe à 18 heures.

Il se couche à 19 heures.

L'heure de la journée que Benjamin préfère est 16 heures. C'est le goûter!

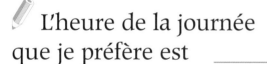 L'heure de la journée que je préfère est _____.

La mère de Benjamin lui dit : «Vite, vite Benjamin!».

☐ Je suis toujours à l'heure.

☐ Je ne suis jamais à l'heure – sauf pour assister à une fête.

☐ Je dois parfois me dépêcher quand _____.

Quelle heure est-il?

Dessine les aiguilles sur chaque horloge.

Je me réveille.

Je dîne.

Je soupe.

Je me couche.

Bonne nuit,

Benjamin!

Mon école

Le nom de mon école est _____ .

Le nom de mon enseignant-e est _____ .

Me voici dans ma classe.

Dessine ou colle une photo de ta classe.

Voici ce que nous faisons à l'école.

Encercle les choses que tu fais à l'école.

lis des livres	dessine	compte
construis	chante	peins
joue avec de l'eau	écris des histoires	mesure
raconte des histoires	joue des instruments	cuisine
joue dehors	partage un goûter	

 Ce que j'aime le mieux de l'école, c'est _____

_____.

 Ma classe a fait un voyage _____

_____.

Benjamin aime
la tarte aux mouches,
le baseball, le jeu de
cache-cache, le violet,
sa couverture bleue
et sa veilleuse.

J'ai plusieurs
préférences.

 Ma couleur préférée
est _____.

Mon livre préféré
est _____.

Mon jeu préféré
est _____.

 Colorie ce carré de ta
couleur préférée.

Voici mes aliments préférés.

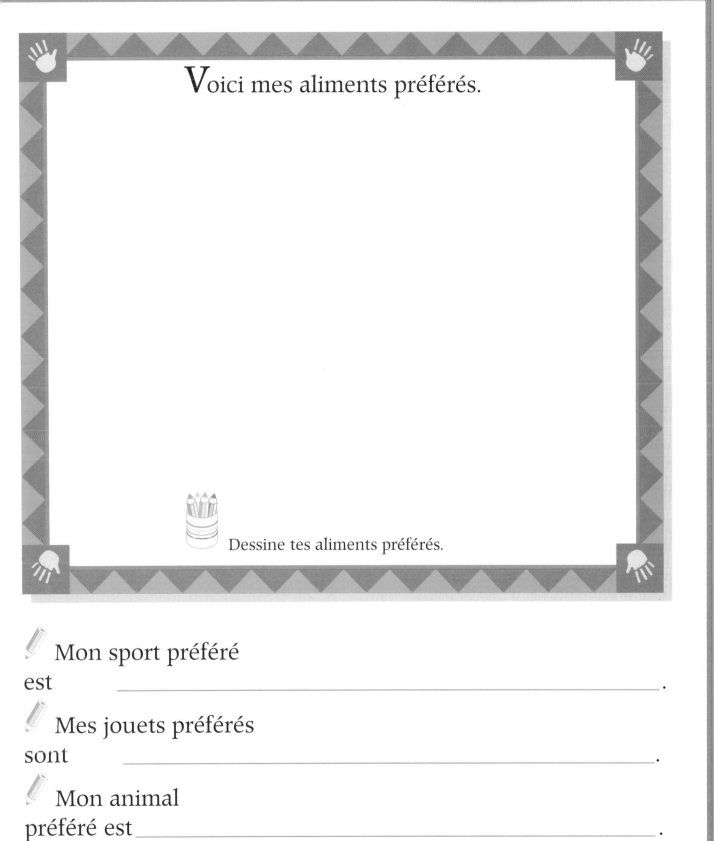

Dessine tes aliments préférés.

Mon sport préféré
est _____.

Mes jouets préférés
sont _____.

Mon animal
préféré est _____.

Benjamin va à la rivière pour jouer et dans le champ des petits fruits avec son ami Ourson.

Il rend visite à Taupe, l'amie de son père.

J'aime rendre visite à _____.

J'ai visité plusieurs endroits.   Encercle les endroits que tu as visités.

un zoo   une bibliothèque   une caserne de pompiers   un parc
une ferme   une plage   un musée   un aéroport

J'ai voyagé par...

☐ autobus   ☐ avion   ☐ métro   ☐ motoneige

☐ train   ☐ bateau   ☐ automobile

★ Mes goûts personnels ★

Benjamin a un poisson rouge.

□ J'ai un animal de compagnie. C'est _____

et il s'appelle _____.

□ Je n'ai pas d'animal de compagnie.

Encercle l'animal de compagnie que tu aimerais avoir.

poisson   chat   oiseau   cheval

chien   lapin   lézard   hippopotame

Je l'appellerais _____.

J'ai une collection de □ pièces   □ poupées   □ timbres

□ macarons   □ bouchons de bouteilles

□ Autre collection : _____

Benjamin était heureux lorsqu'il gagnait une course.

Il était effrayé quand il s'est perdu dans les bois.

Il était soucieux quand il racontait un mensonge.

Je me sens parfois…

☐ excité-e ☐ triste ☐ bien ☐ fâché-e ☐ fier, fière

☐ effrayé-e ☐ amical-e ☐ soucieux, soucieuse

Lorsque je suis heureux, heureuse…

☐ je chante ☐ je danse ☐ je sautille ☐ je parle à un ami

☐ je souris beaucoup ☐ je serre quelqu'un dans mes bras

D'autres sentiments.

 Colle des photos qui expriment divers sentiments. Cherche dans de vieux magazines, dessine et sers-toi de photos de gens que tu connais.

Ma fête

Bonne Fête!

Me voici à ma fête d'anniversaire

Dessine ou colle une photo de toi à ta fête.

Il y avait _____ chandelles sur mon gâteau.

À ma fête, nous avons mangé _____.

À ma fête, nous avons joué _____.

Ce que j'ai beaucoup aimé à ma fête, c'est _____.

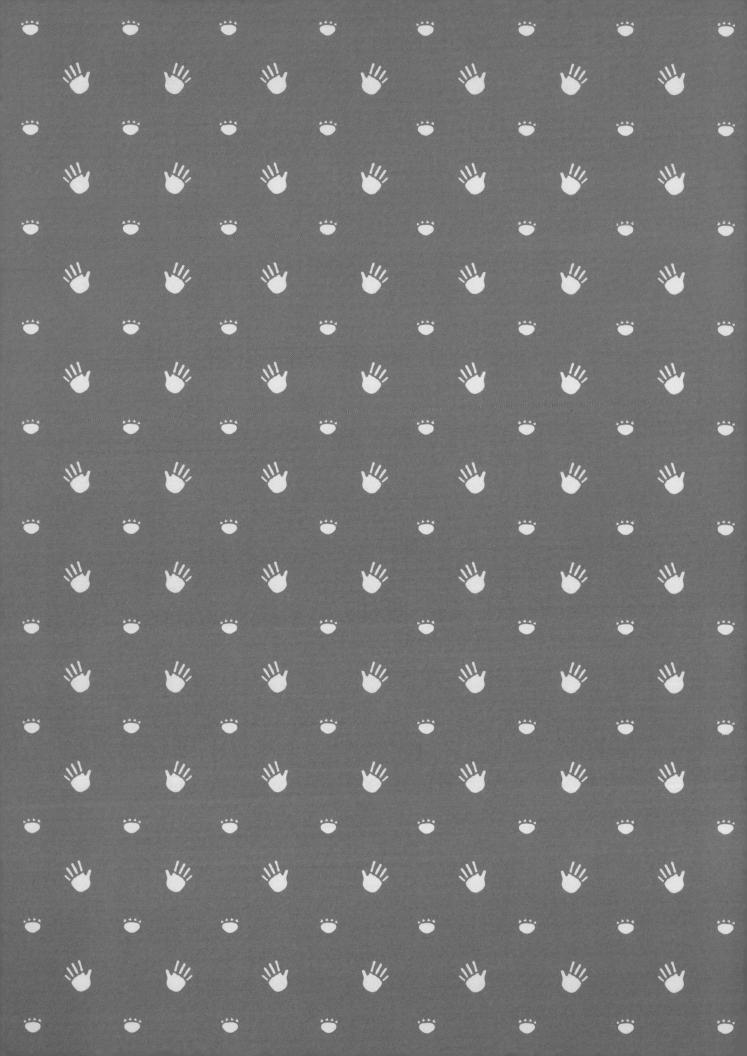

Osito Limpio
y Osito Sucio

Hans Gärtner y Hans Poppel